# François Loeb

# T-RUMP-EL-PFAD

## Moritat in 13 7/5 Bildern

**tredition®**
www.tredition.de

2. Auflage
© 2017 François Loeb

Verlag: tredition GmbH, Hamburg

ISBN
Paperback:      978-3-7345-9970-5
Hardcover:      978-3-7345-9971-2
e-Book:     978-3-7345-9972-9

Printed in Germany

## Ouvertüre

Doktor Max Kallmann, Schauspieldirektor der Städtischen Bühnen in Wiesenthal, erhob sich vor wenigen Minuten aus seinem Bett. Heute, am 13. Dezember des Jahres 2000. Eines besonderen Jahres, wie Kallmann unter der Dusche stehend rückblickend feststellte. Eines Jahres, das einem Jahrtausendwechsel durchaus entspricht. Es herrschte Chaos. Ein Chaos, das er, Max Kallmann, erwartet hatte. Des Jahrtausendwechsels wegen. Vorausgesagt hatte er dieses Chaos. Gestützt in seiner Meinung von Kolleginnen und Kollegen. Etwas wie Erleichterung verspürte Max, als die Zeichen sich verdichteten. Die Zeichen der Zeit, wie er sich im trauten Zwiegespräch mit sich selbst stets wieder versicherte. Er, Kallmann, der erfolgreiche Schauspieldirektor und begnadete Programmgestalter der Städtischen Bühnen Wiesenthals, erlebte Besucherschwund. Statt Schlangen an den Kassen, rote Zahlen in den Büchern. Statt sich in den Logen sonnende Stadtverordnete, kleine, schriftlich eingereichte Anfragen im kommunalen Parlament. Die Zukunft betreffend. Die Zukunft seines Hauses. In das Max Kallmann seine Seele legte. Die Inbrunst seiner Seele. Selbst das Kindermärchen, einst hoch gefeiert als geniale Hinführung der Jugend zu Kallmanns heiligen Hallen, spielte vor mehr leeren als besetzten Rängen sich jetzt ab. Das Ende von Max Kallmanns Leitung bahnte sich geräuschvoll an, auf alle Fälle in den Kultur-Ressorts der städtischen Gazetten. Denn leere Sitze fielen auf, und auch der spärliche Applaus. Unzufriedenheit griff um sich im Ensemble. Medeas Kopf blieb zwar Gesprächsstoff bei den Maskenbildnern, doch die gesamte Truppe forderte nun laut und immer lauter den Kopf von Max.

Max sass in der Falle. Keinen Ausweg schien es mehr zu geben. Selbst die besten Freunde wandten sich von ihm ab, oder legten ihm mindestens den raschen Rücktritt nahe, sozusagen - wie sie dies beschrieben - als Befreiungsschlag. Doch Max, der noch nie verlieren konnte, blieb hart, verkündete mit Galgenstolz, er harre aus. Und wenn schon sei er zu entfernen, er gebe nicht das kleinste Jota nach, sei doch das Publikum im Fehler und nicht er, der Hochbegabte, Missverstandene. Das Opfer bringe schliesslich er, indem er bleibe und damit die Werte der Kultur vertrete und nicht das in Bürgerstuben verbreitete Banausentum, das ihn umgebe, schon immer ihn zu verschlucken drohte, ihn am Verzehren sei. Er, Max, spüre bereits die staatlichen Verdauungskräfte, welche ihn zu zerstören suchten.

Max Kallmann hatte mit seiner Laufbahn innerlich bereits abgeschlossen, wohl wissend, dass eine Freistellung von diesem seinem Posten unweigerlich in die berufliche Leere führen musste. Denn keine Bühne - auch nicht die kleinste - würde es des staatlichen Geldzuflussunterstützungssegens wegen wagen, eine Niete, einen gestürzten Theater-Cäsar anzustellen, geschweige denn, mit ihm auch nur ein unverbindliches Gespräch zu führen. Voller Ängste wurde Maxens morgendlicher Gang zum Hausbriefkasten. Bereits das Zeitungseinwurfsklappern riss Kallmann unsanft aus dem Schlaf. Der Briefeinwurf des Postboten erreichte als Donnergrollen des nahenden Untergangs sein auf Unheilvolles gespitztes Ohr.

Im Halbschlaf malte Kallmann sich - im Rüschchen-Lehnstuhl sitzend - seine desolate Zukunft aus. Er sah sich bereits als Komparse in einer Theaterschmiere dritter Klasse vor leeren, rauen Bänken Beifall heischen und erntete einzig ein heiseres Bellen des Kettenhundes vom nahen Bauernhof.

Als bis Heiligabend noch kein blauer Brief eingetroffen war, beschloss Max Kallmann, selbst zu handeln. An den theaterfreien Feiertagen zog er sich in sein Refugium, eine einsame Holzarbeiterhütte, umgeben von unwegsamem Sumpf zurück, um den Plan der Rettung seiner Haut in die Tat dort umzusetzen. Er begann, sich mit wahnverbreitenden Prionen zu befassen.

# 1. Bild - Januar 2001

Januar ist in Wiesenthal Theaterflauten-Zeit. Meist weht kein auch noch so geringes Theaterkassenklingel-Lüftchen. Die Theatersegel hängen schlaff im bestbekannten Januarloch. Selbst der Bühnenvorhang bewegt sich kaum. Im Januar. In der Regel. Doch im Januar des Jahres 2001 geschieht Verwunderliches.

Das Weihnachtsmärchen, verlängert in die tote Zeit, ist überfüllt. Der Ballettabend platzt aus allen Nähten. Selbst der Flohboden ist besetzt. Die Feuerwehr setzt einen zweiten Posten ein. So will es die Vorschrift bei übervollem Haus. Die Vorstellungen der Woche sind ausverkauft. Die Nachfrage nach Schauspiel - selbst die griechische Tragödie, mit Klageweibern zweiter Wahl bestückt - ist voll besetzt. Ein Theaterwunder bahnt sich an. Karten für die dritte Januarwoche werden zu Schwarzmarktpreisen bereits gehandelt. Vor dem Eingang des Musentempels spielen sich üble Szenen ab. Eintrittskartendiebstahl gehört zum Alltagsleben, die Polizei setzt Fahnder ein, bildet ein Theaterdezernat. Max Kallmann ist gerettet, so denkt er. Die Briefkastenklappe wird zur himmlischen Musik, bereits der Zeitungsjunge bringt frohste Kunde an Kallmanns Frühstückstisch. "Theatersensation" titelt frohlockend die sonst so kritische Kulturredaktion. Lobt des Direktors Gabe, das Publikum zu begeistern, und selbst im Stadtrat verstummen jetzt die Stimmen, welche Steuergeldverschleuderung noch im Dezember stets auf ihren Lippen trugen. Der Proberaum im zweiten Keller wird hastig umgebaut. In ihm eröffnet Max das kleine Haus, um neue Stücke vorzuführen, deren Inhaltsleere noch vor drei Wochen zu Nullfrequenz geführt und deshalb von Kallmanns Bannstrahl getroffen - nach Premiere vor leeren Rängen - in der Versenkung damals sich verloren.

Doch nun bestand Nachfrage. Im Januar. In Wiesenthal. Höchstnachfrage gar. Erstaunliches geschah. Menschen jeden Alters drängten zu den Brettern. Den Brettern, die endlich die Welt bedeuteten. Endlich, endlich fand Kultur die ihr zustehende Anerkennung, was sich auch darin zeigte, dass die für Notabeln der Politik stets freigehaltenen Fauteuils - diese gelangten aus Geldflussgebetrachtung niemals in das allgemeine Angebot - nicht mehr durch Beamte vierter Klasse, sondern durch die Amtsinhaber selbst zur Abendzierde wurden. Denn bei solchem Andrang war es politisch unklug, sich nicht zu zeigen. Die Referendare für das "Public Image" zogen berechtigt den Vergleich mit dem Pokalendspiel im Fussballstadion des vergangenen Jahres. Erstaunlich auch - und damit hatte Kallmann, der Intendant, wohl kaum gerechnet -, erstaunlich war, dass nicht nur Maxens Bühne blühte, sondern auch die Kammerspiele, die Oper, das Musicaltheater, selbst das in Nostalgie sich selbst stets feiernde Schattenspiel der "Laterna Alchemia" und das Kasperle-Theater mit dem stereotypen Kaspersatz "Seid Ihr alle da?" sich der Besucher kaum mehr zu erwehren wussten.

Lange Wartefristen für Theatereinlasskarten waren die direkte Folge und Enttäuschung für die Leeransteher bei der Verteilung der begehrten Karten, die dann zu gefahrverzwickten Depressionen führten. Um den grössten Druck etwas abzufedern, wurde die Theater-Lotterie geboren, bei der einzig Eintrittskarten in die begehrten Musenstätten zu gewinnen waren. Doch die Zahl der Gewinne war viel zu klein, um die Bevölkerung der Stadt auch nur annähernd in den Ruhezustand zurückzuführen.

Kurz darauf wurde per städtisches Parlamentsdekret nach heftigen, nächtelangen Redeschlachten dekretiert, alle Theateraufführungen - sogar diejenigen des "Taschen-

Spielhaus-Tempels" mit nur fünf Zuschauer-
plätzen - auf dem städtischen digitalen Fern-
sehkabelnetz rund um die Uhr zu verbreiten,
um den spriessenden Theaterlüsten der auf-
gebrachten Stadtbevölkerung Genüge tun zu
können. Gutgemeint war der Wille der Volks-
vertreter zwar - er wurde in Leitartikeln der
führenden Zeitungen der Stadt und des Landes entsprechend hoch gewürdigt und zwar
auf der ersten Seite und nicht im kaum gelesenen, sich selbst genügenden Feuilleton -,
aber die Übertragung stachelte, so schien es
wenigstens den aussenstehenden Betrach-
tern, den Theaterhunger der Bevölkerung
noch weiter an. Selbst ein Notbeschluss der
Stadtregierung, jedem Einwohner der Stadt-
gemarchung im Monat eine Theaterfreikarte
zuzuweisen, führte einzig zu schwindelerre-
genden Schwarzmarktpreisen. Der "Theater-
Maffia", so nannte sich laut Polizeiberichten
eine weitverzweigte Gesetzesbrecher Bande,
gelang es nämlich, durch Erpressung der Be-

völkerung, - die Bande schreckte selbst vor Kindsentführungen nicht zurück - in den Besitz all dieser Karten zu gelangen.

Die Unruhe in der Einwohnerschaft wuchs täglich an, eine echte Theaternot brach aus. Ausgehungerte Schauspielsüchtige begehrten mit Brachialgewalt bei jeder Aufführung Einlass zu den Theaterräumen, brachen Notausgänge von aussen auf, besetzten Bühnen, stahlen die Kostüme, inszenierten auf offener Strasse Schauspielorgien, in denen Mord und Totschlag in markiger Vollkommenheit vollzogen wurden.

Bürger rotteten sich zusammen, und auf den Barrikaden, aus Kulissen aufgetürmt, gründeten sie unter wüstem Singen von Opernarien eine Kampforganisation für allgemeines Theaterrecht unter dem bedrohlichen Titel "THEATER JETZT!".

## 2. Bild - Februar 2001

Am zweiunddreissigsten Januar - dieser Tag war als Zusatz-Theatertag von der Kampforganisation THEATER JETZT!, die, in der Zwischenzeit zur Partei mutiert, eine beträchtliche Mehrheit der Stadtverordneten von Wiesenthal stellte, neu eingeführt worden - , am zweiunddreissigsten Januar hatte die Stadtregierung in corpore demissioniert und die Regierungsgeschäfte den Vertretern von THEATER JETZT! sang- und klanglos übergeben.

In der Kreishauptstadt, in deren Gemarchung Wiesenthal seit je her lag, begann man sich dar ob mit der Theaterwut der Kleinstadt zu befassen. Die Vorfälle in Wiesenthal hatten zwar bereits Aufmerksamkeit in den Feuilletonseiten erregt, doch die Kommentatoren, alle hochgebildet, verglichen das Geschehen mit Trancefällen bei Rock-Konzerten und befassten sich bisher nicht weiter mit der Angelegenheit. Doch nun, mit THEATER JETZT!, war Politik im Spiel und gar die Sicherheit des ganzen Landes, denn auch in der Kreishauptstadt stieg die Besucherzahl der Theater sprunghaft an. Die Lage war noch keineswegs dramatisch. Es freuten sich die Intendanten wie der Finanzausschuss für öffentliche Gelder gemeinsam über das Schmelzen von Finanzierungslücken. Aber Politik war nun im Spiel. THEATER JETZT! hatte am zweiunddreissigsten Januar eine Stadt - wenn auch nur eine Kleinstadt -"eingemachtet", wie die neue Partei den Vorgang nannte, oder schlicht "in ihre Macht gebracht", wie es in der Kreishauptstadt bezeichnet wurde.

## 3. Bild - 2. Dekade Wassermann

Professor Hans Alex Kramer, hauptamtierender Dozent für viszerale Prionenforschung am Institut für angewandte Epidemiologie, angesiedelt in der Kreishauptstadt, empfing einen Besucher aus Wiesenthal. Einen Kollegen sozusagen, wenn auch nicht Professor, so doch epidemiologischer Arzt, der ihn vor wenigen Tagen um eine vertrauliche Unterredung unter vier Augen gebeten hatte. Eine fachliche Unterredung, von Arzt zu Arzt, wie er der Institutssekretärin mehrfach zu verstehen gab. Eine dringliche Unterredung, die keinen Aufschub dulden würde, denn er wisse nicht - so der Arzt aus Wiesenthal -, wie lange er noch sein klares Denkvermögen sein eigen nennen könne. Bereits jetzt verspüre er eine unbändige Lust, statt mit Kollege Kramer von Mund zu Mund zu sprechen, im Theater sich zu ergehen.

Die Sekretärin hatte Mitleid empfunden, und so sass der Arzt aus Wiesenthal dem prominenten Professor in seinem Ordinationszimmer gegenüber, einzig getrennt durch einen Glasschreibtisch, hinter dem Kramer in einem Lederlehnstuhl thronte und mit seinem Bleistift spielte, den der Werbeschriftzug einer Arznei schlicht zierte.

"Hm, nun denn Herr Kollege, was gibt es so Dringendes in Wiesenthal, diesem entzückenden Städtchen?", nuschelte Kramer, den Grafikschriftzug seines Stiftes konzentriert betrachtend.
So musste Kramer wohl auch bei unheilbaren Patienten sprechen, dachte der Arzt aus Wiesenthal. Ein perfektes Schauspiel bot Kramer da, wenigstens eine klitzekleine Entschädigung für den entgangenen Schauspielhaus-Besuch in Wiesenthal räsonierte der auf tiefem, kantig hartem Patientenstuhl wie eine

gespannte Feder sitzende Arzt aus der Kreis-stadt.

"Nun," hob er mit leiser, respektzollender Stimme an, "nun, es geschehen Dinge in Wie-senthal, die mir zu denken geben. Näher be-trachten sollten wir diese Vorfälle. Ernsthaft betrachten müssen wir sie unbedingt. Nicht lächeln, auch nicht Stockzahnlächeln, diese Dinge sind nicht mit der linken Hand einfach abzutun." Gekonnt folgte eine lange Pause, in welcher der Atem der Gegenübersitzenden sich synchronisierte. Aus Sympathie. Aus Un-ter- oder Oberwürfigkeit. Der wahre Grund war abschliessend schlicht nicht auszu-machen.

"Ich nehme an, dass die Theatersucht eine Seuche ist". Erleichtert atmete der Arzt aus Wiesenthal nach diesen zehn schnell, compu-tergleich ausgesprochenen Worten auf. Schwer waren ihm die zehn Worte aufgele-gen, und er hatte sich vor dem Besuch selbst nicht zugetraut, sie bei der epidemiologi-

schen Kapazität des Landes so klar auszu-
sprechen, stand doch auch sein Ruf als Seu-
chenarzt dabei auf dem Spiel. Jetzt hatte er
es geschafft. Überzeugend waren seine Worte mit gerolltem "R" gerollt.

"So, so", gefolgt von einer langen Pause, in
der sich eine Stubenfliege an Kramers Stift zu
schaffen machte, wohl des Professors Hand-
schweisssalz schmatzend kostend. Mit gestrengem Blick musterte Kramer das Insekt,
das ohne jede Ehrfurcht seinen Rüssel weiter
bleistiftweiden liess.

"So, so", wiederholte Kramer, "Sie vermuten
eine Epidemie. Ist nicht der Medienbausch
eher die Erklärung?" Wieder Pause. Wieder
Blick auf den jetzt fliegenfreien Stift.

"Was verstehen Sie unter Medienbausch,
verehrtester Kollege?".

"Nun, die Medien bauschen auf. Aus Fliegen
werden Elefanten." Ein Lächeln huschte über
Kramers bisher wissenschaftlich versteinert

wirkenden Gesichtes. "Da wären wir jetzt schon zu Tod getrampelt." Des Professors Augen folgten nun der Stubenfliege, die jetzt friedlich auf der Glasschreibplatte äste.

"Nein, nein", erwiderte der Arzt aus Wiesenthal, "zwar ist nicht zu bestreiten, dass die Medien Schützenhilfe bieten, doch wenn Sie die betroffene Population betrachten, wie zum Beispiel mich, den Medien kaum zu aberwitzigem Tun bewegen können, dann kann es nicht nur an der Berichterstattung liegen." Der Arzt auf dem Patientenstuhl zog aus seiner Jackentasche den Ausweis THEATER JETZT! hervor, der bestätigte, dass er, Max Meyer, Dr. med., ein Mitglied der Partei mit allen Rechten und Pflichten sei. "Ich wurde Mitglied, Herr Professor, einzig um Theatereintrittskarten zu erhalten, der Sucht zu frönen, der ich ausgeliefert bin. Und das Ärgste kommt erst noch. War ich früher wählerisch bei der Auswahl der besuchten Stücke, gebe ich mich heute mit schlechter Qualität zufrieden, Hauptsache, ich sitze im Theater. Ich vernachlässige meine Arzt-Pflicht, Patientenrufe sende ich ins Pfefferland und ...", Meyer legte eine kurze Pause ein, sein Gesicht errötete wie nach ausgestandener innerer Scham, "und stellen Sie sich vor, Herr Kramer, am zweiunddreissigsten Januar, dem neuen Wiesenthalschen Nationalfeiertag, war ich auf der Strasse ... in der Menge ... schrie: "Theater jetzt, Theater jetzt, Theater jetzt ...!". Max Meyer sank in sich zusammen. Ein Häufchen Elend sass auf dem Patientenstuhl. Vor der Glastischplatte. Vor Professor Kramers gestrengem Augen-Blick. "Herr Professor, Herr Professor, helfen Sie mir! Sie sind der Einzige, der dies vermag."

## 4. Bild - Wiesenthal JETZT - 2 $^1/_2$ Dekade Wassermann

Am Theaterplatz in Wiesenthal, am gefeierten Theaterplatz vor Wiesenthals Theater hatte sich an diesem Sonntagabend eine grosse Menschenmenge angesammelt, welche zuerst drängelte und dann unverhohlen in Richtung Theatereingang drängte. Auf der Balustrade des Musentempels, auf der kleinen, dem Foyer-Café im ersten Stock vorgelagerten Erker-Balkonette stand, seine Hände wie segnend ausgebreitet, der THEATER JETZT!-Stadtrat Hildar Lenner. Er sprach, verstärkt von Megawatts, zur Menge:
"Ich verspreche Euch", "...spreche Eu, sprech Eu..." hallte es von Wiesenthals Fassaden zu ihm zurück. „Ich verspreche Euch Theater jetzt, Theater jeden Tag, Theater zu jeder Stunde, ja, Theater, wie es Euch gefällt." Beifall! "Theater versprech ich Euch, so viel Ihr wollt." "Thee-a-teer" nahmen die gläubigen,

in Verzückung geratenen Bürger die Worte des Stadtrates auf. "Thee-a-teer, Thee-a-teer, Thee-a-teer" wiederholte die Menge den Schlachtruf: "Thee-a-teer, Thee-a-teer, Thee-a-teer", stampften die Stimmen im infernalischen Chor. Die Kraft der Thee-a-teer-Rufe verwandelte die schreiende Menge in einen riesigen, dampfgetriebenen Lokomotiv-Koloss, der sich behutsam und doch voll ungebändigter Kraft langsam in Bewegung setzte.

"Thee-a-teer, Thee-a-teer, Thee-a-teer", schnaubte das aus Fleisch und Blut bestehende Ungetüm.

"Thee-a-teer, Thee-a-teer, Thee-a-teer", schallte es über den Platz vor dem Theater Wiesenthals. Das Gebäude stürzte ein, der Stadtrat fiel aus den Theaterwolken des Balkons, fiel sanft, wurde Teil des Ungeheuers, das jetzt die Kulissen plünderte, die Kostüme an sich riss, zerriss, um wenigstens ein kleinstes Stückchen Stoff zu ergattern. Perücken zerfielen verzerrt in Einzelhaare, die reliquiengleich, Stück für Stück von der entrückten Menge feierlich verspeist wurden. Und zuvorderst, bereits im Seilboden der Bühne, wurde Doktor Max Kallmann, Direktor des hiesigen Theaters, aufs Theaterschild gehoben und im Triumph durch Wiesenthals Gassen und Strassen und der einzigen Avenue, in welcher die Stadt-Notabeln wohnten, mit "Thee-a-teer"-Rufen feierlich zur Schau getragen.

## 5. Bild - immer noch zur 2 $^1/_2$ Dekade Wassermann

Professor Hans Alex Kramer betrachtete nachdenklich sein Gegenüber auf dem Patientenstuhl, Doktor Max Meyer aus Wiesenthal, Mitglied der Partei THEATER JETZT! und jetzt ein Häufchen Elend. Mitgefühl umfloss Kramers Herz, Mitgefühl, das er, Kramer, sollte Meyer geholfen werden, sogleich zu unterbinden hatte. Und so schaltete Kramers Verstand auf stur. Wie konnte ein Arzt wie derjenige, welcher vor seinem Glastisch sass, nur so tief sinken, zusammenbrechen ... ein Elendshäufchen werden ... ein Mitglied einer Partei, die Theater forderte, Theater ums Theater. Und diese Tatsache dann, wohl aus Gewissensbissen vor sich selbst und vor Hippokrates, als Seuche darzulegen versuchte? „Phaa", sein Patient - so sah Kramer nun den Arzt vor sich - gehörte ins Irrenhaus, nicht in das wissenschaftlich hoch dotierte Institut für viszerale Prionenforschung, welches wahrlich wichtigere epidemiologische Aufgaben zu erfüllen hatte, als Schimären nachzurennen. In Gedanken versunken, bereits wieder bei seinen geliebten, rätselhaft sich verhaltenden Prionen sich befindend, drückte Professor Kramer auf den Knopf des Glaskästchens auf seinem Glastisch, damit die Assistentin rufend, welche sich des Patientenarztes dann annehmen könne. Wobei er es nicht unterlassen wollte, ihr in wohlvertrauter Zeichensprache mitzuteilen, dass Max Meyer, Doktor der Medizin, wenn auch Arzt, doch ein Irrer, welcher den entsprechenden Institutionen rasch zu überstellen sei. Meyer aber versuchte wieder Haltung zu gewinnen, suchte nach seinem Taschentuch, um seine Tränen abzuwischen, legte bei dieser Suche ein DIN A 4-Blatt auf den Glastisch, das er ob des skeptisch für- oder vorsorglichen Blicks von Kramers Assistentin prompt vergass, einfach auf des Professors Glastisch liegen liess, als die

Gehilfin ihn - eine stützende Bewegung mimend - zur Türe hin geleitete.

Hans Alex Kramer nahm das Blatt zur Hand, als er - gedanklich umgeben von seinen Prionen - wiederum allein im Raume war, um es vorbildlich im Altpapierbehälter neben seinem linken Fuss zu entsorgen. Dabei hielt er, als Kleingedrucktes auf dem nun entfalteten Blatt zum Vorschein kam, für einen Sekundenbruchteil inne, registrierte mit geübtem Forscherauge, dass es sich bei dem bedruckten Blatt um ein Leporello von Wiesenthals Theaterankündigungen der Woche handelte und warf das Kleingedruckte mit Schwung in den Abfallkorb.

Doch der Abfallschwung war zögerlich. So empfand es Kramer. Irgendetwas hatte ihn zurückgehalten, als bereite sich sein Arm auf eine Lähmung vor. Kramer schob den Gedanken gleich beiseite. Wichtigeres hatte er als Forscher zu überdenken, als einen imperfekten Papierkorbwurf. Über die Prionen hatte er nachzudenken. Ihr Verhalten. Ihre Logik. Ihre Struktur. So viel wusste Hans Alex Kramer: Bei der Struktur musste die Lösung liegen. Bei der Faltblattstruktur der Prionen. Unerklärlicherweise war die Primärstruktur nach dem Infektvorgang der Prionen nicht verändert, einzig in der Faltblattart zeigten sich neue Formen. Es schien, als suchten die infizierten Prionen das Faltchaos im Gegensatz zu den gesunden, welche nach wie vor sich wohlgeordnet falteten. Kramers Denkprozess nannte letztere fortan die anständigen Prionen, da sie sich wohl verhielten, ganz im Gegensatz zu den kranken, welche Sprünge machten, denen selbst Kramers seziermesserscharfes Denken nicht folgen konnte, auch wenn sein Verstand noch so stark sich darum bemühte.

Aus Kramers Hinterkopf drängte erneut ein Gedanke in sein Bewusstsein. Er verspürte das Bedürfnis nach Entspannung. Professor

Hans Alex Kramer trug seiner Assistentin mittels der gläsernen Gegensprechanlage auf, ihm für den Abend Theaterkarten zu besorgen.

## 6. Bild - Wiesenthal 2 $^2/_3$ Dekade Wassermann

Der Theateraufstand, die Revolution in Wiesenthal, eilte drahtlos über Satelliten, getragen von Reporterstimmen, um den Erdball. Das eingestürzte Theater, der mitten in seiner Versprechensrede gefallene THEATER JETZT!-Stadtrat, das feierlich umhergetragene, mit Max Kallmann, dem Intendanten, geschmückte Theaterschild, bereicherte "TV News", löste mildes Lächeln aus und Kommentare. "Wie kann es nur so weit kommen?" und - dies sei nicht verhehlt - auch eine gewisse Angst, oder zumindest den Hauch der Angst, denn niemand, auch nicht in fernsten Ländern, konnte sich erklären, warum, weshalb und "anyway" eine solche Massenhysterie in aufgeklärter Zeit nur möglich sei. Max Kallmann hatte sich einen Tag nach dem Theatereinsturz und der Schildererhöhung, in innigster Verbundenheit zu goldgewirkten

Kleiderträumen, zum Inka ausgerufen, zum Inka Wiesenthals mit dem selbstgewählten Herrschernamen Inka All Xam Sol I., wobei er bei Todesstrafe darauf bestand, dass der Kaisername einzig in grossen Lettern und diese nur kursiv zu schreiben seien.

Die Krönungsfeier setze der Inka auf den dreissigsten Februar fest. Nicht in Wiesenthal versteht sich. Nein, in der Kreishauptstadt, welche bis dahin noch einzunehmen wäre. Nicht mit Gewalt. Beileibe nicht. Sondern durch Überzeugen der Bewohnerschaft, welche der Befreiung der theaterarmen Zeit entgegendürste, oder doch zumindest zu dürsten habe, so wahr er Inka *ALL XAM SOL I.* sei.

Darauf schrieb der Inka Wiesenthals einen Bewerb aus. Wetten hatte er unter Drohung wüster Strafen bereits verboten - einen Bewerb für seine Inka-Krönungskleider, die alle ihm, und einzig ihm, am Thronbesteigungsmorgen vorzuführen seien, wobei die Siegerschaft eine lebenslange kostenlose Um-die-

Uhr-Wohnloge in Wiesenthals Haupttheater erhielte und "sich aller Eintrittssorgen enthoben fühlen könne für ihr Leben lang", wie Er vollmundig vor der Fernsehkamera deklamierte. "Dem täglichen Überlebenskampf um Theaterkarten enthoben sei der Sieger nur bei entsprechend wohlgefälligem Verhalten", fügte Inka *ALL XAM SOL I.* mit dräuendem Unterton sehgerecht noch an.

Und die Unterwiesenthaler Obertanen, die Oberwiesenthaler Untertanen, sowie die Mittelwiesenthaler Mitteltanen nahmen die Inkaworte euphorisch, stürmische Begeisterung entwickelnd auf. Die Anhänger Wiesenthals THEATER JETZT!-Partei - diese hatte einer hoh-eitlichen Eigenmitteilung entsprechend zwischenzeitlich einen Durchdringungsgrad von Neunundneunzigpunktneunneun Prozent erreicht -, schlossen sich geschlossen dem Jubel an. Gemeinsam und doch jeder einsam, begaben sich die Wiesenthaler kurz darauf huldsehnsuchtsvoll auf Krönungskleider-

Ideensuche in ihrer Phantasie, denn keiner wollte in Zukunft dem lästigen, täglichen Eintrittskartenkampf mehr unterliegen.

## 7. Bild - Institut für viszerale Prionenforschung, Kreishauptstadt, 2 $^2/_3$ Dekade Wassermann

Nach einer guten Stunde seit Übermittlung von Kramers abendlichem Zerstreuungswunsch, meldete die Assistentin wiederum über die gläserne Gegensprechanlage, die schnarrend des Professors Glasschreibtisch in Schwingung brachte, dass für heute Abend, aber auch für die Vorstellungen der nächsten zwanzig Tage, keine einzige Theaterkarte in der Kreishauptstadt mehr erhältlich sei. Es sei denn in der Loge des Präfekten, mit dem Kramer ja Freundschaft pflege, und falls er dies wünsche, verbinde sie Kramer gleich mit dessen allzeit bereiter Geheimfonnummer. Kramer wünschte dies. Mit einem Kribbeln im linken Hirnlappen, wie er als Mediziner sich selbst gleich die Diagnose stellte. Dieses kribbelige Gefühl hatte er, Kramer, erst ein einziges Mal verspürt. Als er sich vor siebzehn Jahren das Rauchen abgewöhnte. Das Ketten-rauchen damals ... Entzugserscheinungen, das stand für den Wissenschaftler nunmehr fest. Entzugserscheinungen. Aber Entzug von was ...? Noch während Kramer am Überlegen war, hörte er des Präfekten sonore Tribun Bassstimme aus dem Glaslautsprecher seines Glasscheibentisches hallen.

"Hans Alex, was verschafft mir die Ehre Deines Anrufs? Sag nur nicht, Du willst heute Abend mit mir ins Theater. In meine Loge. Sag das nur nicht. Seit heute früh um fünf rufen alle meine Freunde an, wollen mit mir ins Theater. In meine Loge. Hört sich zuerst vernünftig an, doch jetzt," der Präfekt legte eine Pause ein "... nach dem dreiundvierzigsten Anruf vor genau drei Minuten wird das gespenstisch, ja wirr, vor allem weil ich heute, das erste Mal seit Jahren, die Loge selbst benutzen will, mit meiner Frau natürlich. Du weißt ja, in Kürze stehen Wahlen an, und da muss ich mich mal zeigen. Kulturbeflissen ...

ha, ha, ha ... , das bringt ja auch Stimmen und statt Medienschelte doch vielleicht einmal ein Medienlob. Sag nur nicht, Du willst auch ins Theater! Um Deine Wiederwahl musst Du Dich nicht sorgen. Lebenslänglicher Beamtenstatus, Du bist ein Glücklicher. Das grosse Los hast Du gezogen. Unkündbar. Wenn ich das hätte, wäre Theaterpflicht heute Nacht nicht meine Kür."

Hans Alex Kramer fühlte sich unwohl in seiner Haut. Den Präfekten um einen Gefallen bitten. Nein, das würde er nicht auf sich nehmen. Nein, das nicht. Die Theaterkarten konnte er sich anderweitig noch besorgen. Ohne Begleitbeleidigungen. "Mein Lieber", erwiderte er deshalb, "ich wollte einzig Deine Stimme hören und wissen, wie Du mit dem Stress umgehst und der Spannung vor den Wahlen. Gut tönst Du. Wie ein Volkstribun. Aber - und das sei Dir eine Vorwahllehre - alles kannst Du nicht erraten, Theater, für so was hab' ich keine Zeit als Forscher. Als Vielbeschäftigter. Dem Durchbruch-Nahen. Prionenforschung erfordert Zeit. Viel Zeit. Vierundzwanzig Stunden jeden Tag und dazu noch die zwölf der Nacht ... Theater das ist Balsam für Euch Politiker ... und Euer Publikum. Theaterzeit, das ist was Euch den Spiegel vorhält. Meuchelmord und Liebeskummer. Opium für die Wähler. Meine Stimme - das schreibe Dir hinter Dein linkes Ohr, auf dem bist Du nämlich taub -, kannst Du nicht kaufen. Auch nicht mit Theaterkarten, merk Dir das!" und Hans Alex drückte auf den Glasknopf auf seinem Glastisch. Die Verbindung wurde unterbrochen.

So aggressiv hatte Kramer seit seinem Rauchentzug vor siebzehn Jahren nicht mehr reagiert. "Abträglich für die Forschungsgelder", murmelte er vor sich hin, während er bereits wieder überlegte, wie Theaterkarten zu beschaffen seien.

## 8. Bild - Wiesenthal, $^5/_4$ Dekade Wassermann

Die Strassen Wiesenthals waren wie leergefegt. Theaterkarten gab es so viel ein jeder wollte. Doch keiner, nicht einmal die Kleinen, wollten sich mehr in einem Theater "divertieren". Selbst beim Kasperle und in der Puppenbühne, in der sich gestern noch hundertdreissig Menschen auf siebzehn Stühlen gedrängt hatten, gähnte eine dunkle Leere. Die Schwarzmarktpreise hatten einen "Crash" erlebt, niemand wollte mehr Eintrittskarten. Horrende Verluste wurden eingespielt. Die Theater-Tickethändler, einst geachtet und umworben, baten auf den leergefegten Strassen Wiesenthals mit Löchern in ihren Mützen um Almosen.

Die Menschen fieberten, Inkakleider nähend, der Thronbesteigung erregt entgegen. In der ganzen Stadt gab es keinen Faden, kein Fleckchen Stoff mehr in den Läden. Autositz-

bezüge wurden aufgetrennt, um an das kostbarste aller Güter zu gelangen: Ein kleines
Stückchen Stoff. Stacheldrähte wurden abge-
stachelt, um dann fein säuberlich aufgetrennt
zu werden, denn jeder Faden war kostbarer
als pures Gold. Alle nähten, alle schneiderten
ihr Inkakleid, um dieses dem neuen Herrscher
vorzuführen, hoffend, dass es, auserwählt,
dem Kleidgestalter Glück und Frieden und
Theaterseligkeit auf ewig bringen werde. Dabei war Geheimhaltung oberstes Gebot, denn
keine Menschenseele wollte der anderen
verraten, welche Thronbesteigungsschöpfung
in Arbeit war. Verriegelte Wohnungstüren
mit Dreifachschlössern, mit Pappkarton ver-
klebte Fensterscheiben, Tresore, in denen In-
kakleiderphantasien und kein Gold gelagert
wurden, waren die direkte Folge und selbst in
sonst einigen Familien war Geheimniskräme-
rei zur Tagesordnung geworden. Kinder verboten Eltern den Zutritt zu ihren Zimmern,
Geschwister, die im selben Raume wohnten,

bauten aus Ziegelsteinen Wände, um zu verhindern, dass Haschesblicke auf Gestaltungsmuster geworfen werden konnten. Spionage-Unternehmen erzielten Rekordanfragen, doch es blieb dabei, da trotz höchster Fangesprämienaussetzung auch die Detektivschaft privat mit Kleiderschneidern und Entwerfen voll beschäftigt war.

*ALL XAM SOL I.* freute sich über Fleiss und Folgsamkeit seiner unterthanen, die er fortan mit Einführung der alten Linksschreibung mit h nach t bezeichnen liess, selbstverständlich vollkommen kleingeschrieben, denn die Annäherung an die Grossschreibung seines Titels hätte *ALL XAM SOL I.* als Sakrileg empfunden.

## 9. Bild - Kreishauptstadt, Präfektur, $^5/_8$ Dekade Wassermann

In des Präfekten Amtsräumen - diese waren im alten Ratsherrensaal mit viel Geschmack für die verblichene Geschichte eingerichtet worden - herrschte gute Stimmung. Die Nachrichten aus Wiesenthal sorgten seit zwei Tagen wesentlich für die angenehm entspannte Atmosphäre, denn seit achtundvierzig Stunden hatten sich die Wiesenthaler der Ruhe hingegeben. Ganz im Gegensatz zu den vergangenen Wochen, in denen das Chaos auszubrechen drohte. In wundersamer Weise hatte sich die Lage ganz beruhigt, der Sturm hatte sich gelegt. Die Strassen Wiesenthals waren leergefegt. Anstelle von Warteschlangen vor den Theatern, von Schlägereien um Wartepositionen, von Schwarzmarkt-Banden die sich bekriegten, herrschte eitler Frieden in der kleinen Stadt. Katzen rieben ihre Felle an Laternenpfählen, Hunde sonnten sich auf dem Theaterplatz. So jedenfalls berichteten die Polizeiagenten, die dem Präfekten stündlich aus Wiesenthal zu rapportieren hatten.

Auch der Theaterintendant war seit zwei Tagen nicht mehr gesichtet worden, hatte seine Theater-Aussenbalkons-Aufruhrs-reden eingestellt. Er solle sich auf seiner eigenen Bühne, umgeben von Kostümisten und Maskenbildnern aufgehalten haben, berichtete der Beamte, der als Schatten ihn im Auftrag des Präfekten zu begleiten hatte. Er sei am Entwerfen seiner Thronbesteigungsrobe, wie im übrigen die Gesamtbevölkerung Wiesenthals vom Kleinkind bis zum Mummelgreis, fügte der Beamte in einem Postskriptum noch bei. Er selbst sei davon nicht ausgenommen, um nicht enttarnt zu werden, so denke er jedenfalls, obwohl auch er Erfüllung im Entwerfen seiner eigenen Inka-Robe finde, welche dann *ALL XAM SOL I.*, hoch soll er leben, drei Mal hoch, vorzuführen und selbstverständlich durch ihn auszuwählen sei.

Der Präfekt las die Berichte. Er war mit dem Gelesenen zufrieden. Ebenso sein Beraterstab. Obwohl, es konnte vom Berufsbild her nicht anders sein, der Psychiater, auf den er bis gestern zwingend angewiesen war, zu einer langfädigen wissenschaftlichen Rundumerklärung anhob. "Zu früh sollten wir uns nicht freuen. Das kranke Hirn - ich gehe davon aus, dass dem so ist -, das kranke Hirn von *ALL XAM SOL I.* ist nur vorübergehend abgelenkt, ähnlich einem Kinde, das sich in ein neues Spiel vernarrt. Wir alle aber wissen", der Psychiater zeigte mit runder Armbewegung tief in den ganzen Raum, " ... dass ein verwöhntes Kind - und um ein solches handelt es sich bei *XAM* im übertragenen Sinne -, dass solch ein Kind binnen kurzem auch sein neues Spiel satt bekommen wird und dieses alsdann ohne jegliche Interessenswiederkehr in die Ecke stellt oder wirft. Ich befürchte dies. Es könnte sich bei der ge-

genwärtigen Lage - um einmal mehr im übertragenen Sinn zu sprechen - einzig um das
Auge des Zyklons handeln. Und wie wir alle
wissen, „ der Psychiater blickte zustimmungsheischend in die Runde, "ist es wind-
still im Auge des Taifuns. Kein Lüftchen weht
dort, da alle Kräfte aufgehoben sind, sich gegenseitig neutralisieren. Aber nur für kurze
Zeit und ich befürchte ..." Des Präfekten Kopf
war ob der Wissenschaftlerrede rot angelau-
fen. Er unterbrach den Psychiater heftig "Ach,
Ihr Psychiater seid Schwarzseher, Seelenkrä-
mer und nur glücklich, wenn ihr Menetekel
an die Wände zu malen wisst. Doch - und das
sage ich nur einmal - die weissgetünchten
Wände meines Amtssitzes sind mir heilig. Ich
verbitte mir aufs Äusserste, diese mit Unter-
gangsparolen zu beschmutzen. Schmiere habe ich zu Genüge in den wie Pilze nach dem
Regen aus dem Boden geschossenen Theater
in der Kreisstadt," der Präfekt zückte seine
Taschenuhr, "übrigens, es ist höchste Zeit, ich

muss jetzt ins Theater. Mich zeigen, meine Kulturbeflissenheit ist gefragt, soll ich siegreich aus dem Wahlkampf schreiten, und Ihr alle", es war nun am Präfekten zustimmungsheischend die Runde zu durchforsten, "Ihr alle wollt ja meine Wiederwahl." Der Präfekt erhob sich, zurrte seine Krawatte fest, die eher einem Halsstrick ähnelte, als einem Modeutensil, und schritt zu Theaters dannen.

## 10. Bild - Ausrufung des Wortfasttags in Wiesenthal,
## 1 My in der Dekade Fisch

Wiesenthal fieberte DEM TAG entgegen. Dem 30. Februar dieses Walt- und Schaltjahres. Denn auf den Schalttag des 29. Februars - von *ALL XAM SOL I.* als Wortfasttag ausgerufen -, sollte am Walttag, dem 30. Februar, wortgewaltig die Inkakrönung über die Weltbühne sich ergiessen. "Und wie könnten wunderbare Worte mehr genossen werden als an einem Alltag?" Diese Frage stellte der designierte Inka stellvertretend statt seinem Volk, dem Beraterstab, als sie gemeinsam - ohne Inkakleider zwar und auch noch ohne Krone - die subtile Grenze zwischen Wassermann und Fisch feierlich überschritten. Die Berater blieben stumm. Denn ihre Rolle, ihnen auf den Leib geschnitten, war die des Bestätigens der Machtstrukturen. Nicht der Antwortgebung, die dem Herrscher vorbehalten war. Und dieser gab sich die Antwort selbst. "Durch Deprivation, natürlich. Denn, wenn ihr vierundzwanzig Stunden kein Wort gesprochen, keine Silbe gehört und nicht einen Gedanken auch nur angedacht je hättet, ja, dann würdet ihr ausgehungert sein. Nach Worten. Nach Silben. Nach Gedanken. So ruf ich denn... ", der künftig Inka legte eine theatralische Pause ein, "den Tag des Wortefastens aus, den Schalttag dieses gesegneten Jahres. So sei es. Dieses Jahr und in aller Inka Ewigkeit."

Der Beraterstab stimmte laut auf den Boden klopfend, heftig nickend zu, fiel vor *ALL XAM SOL I.* auf die spitzen Knie und exklamierte in lichtem Chor:

"Welche Grösse,
welche Grösse,
jedes Inka Wort bringt uns eine Welle näher zu seinem nächsten Wort!
Welche Grösse,
welche Grösse,

jedes Inka Wort bringt uns eine Welle näher zu seinem nächsten Wort.
Jedes Wort,
jedes Wort, bringt uns näher zum Ufer fort,
an den Ort,
an den Ort, den sicheren Theaterhort, Theaterhort."

Mit zu *ALL XAM SOL I.* gerichteter, halbentrückten, in Bewunderung schmelzender Augenweissglasur blickten die Berater derweil ihr Idol nichtssagend an.
"Und wer diesem ehernen Gesetz dann widerspricht, der soll der Härte ausgeliefert werden. Der Härte des Gesetzes. Die Worte und Gedanken, die Silben, Kommas, Punkte, Bindestriche, Fragezeichen, Doppelpunkte, ja, jeder Buchstabe soll dem Frevler weggenommen werden. Stumm und gedankenlos soll er alsdann sein. Stumm und gedankenlos ..." Eine tiefe Stirnfalte grub sich in der künf-

tigen Inkas Stirn. Tief und runsig. Sie sollte *ALL XAM SOL I.* nie mehr verlassen.

Und so fieberte Wiesenthal nicht einzig der Inka-Thronbesteigung entgegen, nein, die Purifikation, der ausgerufene Wortfasttag, wurde auch zum Vorhof des Mittelpunkts, obwohl nicht zu verhehlen war, dass der Mittelpunkt des Mittelpunkts - die Krönung *ALL XAM SOLs I.* dem Wortfasttag auf dem Fuss zu folgen hatte, doch dieser erst durch den Fasttag in seiner vollen, übergrossen Grösse sichtbar werden konnte.

## 11. Bild - Kreishauptstadt, Institut für viszerale Prionenforschung, erste Fisch-Dekade

Noch immer war es Kramer nicht gelungen, die falsch gedrehten Prionen zu isolieren. Zwar war als erster Schritt die These der Faltstruktur erhärtet worden, doch warum und wie der Faltvorgang geschah, entzog sich Kramers Wissen. Und nistete sich behaglich als weisser Fleck in die sonst so stolze Landschaftskarte der exakten Wissenschaften ein. Zudem hatten alle Forscher, von der Professorin, welche Kramer in der Leitung des Instituts für viszerale Prionenforschung zu vertreten hatte, über den Assistentenstab, bis hin zur Labormannschaft in letzter Zeit auffällig wenig Zeit, ihren Aufgaben in der Forschung nachzugehen. Zu viele Stunden zum Theaterkarten-Schlangenstehen in der Kreishauptstadt waren einzusetzen, denn die Eintrittsscheine waren im Gegensatz zu Wiesenthal hier knapp und unterlagen einem strengen

Kontingent, sofern die Theaterkarten nicht bereits oberhands unter der Hand handschuhlos die Hand gewechselt hatten. Leider nahmen solche Fälle überhand, obwohl der Präfekt angesichts des Wahlgangs, der vor der Türe stand, auf Schwarzmarkttheater-Eintrittskartentransaktionen drakonische Strafen dekretierte, hing doch seine Wiederwahl vom subjektiven Glücksempfinden der Kreisstadtbürgerschaft ab. Doch da selbst die Richter nach Theater süchtig waren, konnte bereits mit einer Vierteltheaterkarte - die Vorstellungen wurden seit kurzem in vier gleiche Teile aufgeteilt - ein Strafspruch leicht verhindert werden, da diejenigen, die angeklagt, über eben solche Eintrittskarten schwarzmarktmässig frei verfügten und das Fleisch der Richter willig war.

Eine sich am Kreisstadthorizont abzeichnende Entwicklung neuer Art machte Professor Kramer zudem grosse Sorgen. Die Desertion. Stündlich wurden diese Fälle zahlreicher. Die

Menschen, insbesondere seines Instituts (war das die intime Nähe zu den Prionen?) setzten sich von der Kreisstadt ab, wanderten einzig mit einem Stückchen Stoff bewehrt nach Wiesenthal, um an ihrem Inkakleid zu nähen. Sorgenvoll und voll von einem geheimen inneren Drange selbst zu desertieren, sass Kramer gramgebeugt an seinem Glasschreibtisch. Das Telefon aus reinem Glas liess sich nicht mehr bedienen, und auch der Rufknopf hatten keinen weiteren Sinn, denn Kramers Assistentin, sonst am Ende dieses Drahts, war längst in Wiesenthal, erfüllt von heimlichsten Eigen-Inka-Roben-Phantasien und konkretem Planen, wie die Theaterloge auszustatten sei, in der sie einst residieren werde. Kein noch so leises Zweifelshäuchlein bewegte sie, wie alle anderen Wiesenthaler auch, dass nicht sie das beste Kleid gestalten werde, das *ALL XAM SOL I.* am Walttag auf den Inkathron begleiten würde.

Doch, und das gab Professor Kramer neuen Mut, entstanden die ersten Forschungsschrittchen, wenn auch nur klitzeklein, als seien es erste dunkelrote Strahlen von Aurora, die vor einem Gewittertag den Horizont zögerlich zu erkunden suchten. Vorboten zwar nur, aber aus Erfahrung konnten Menschen sich darauf verlassen, dass der lichte Tag der Nacht folgen, wenn auch im schlimmsten Fall - und das verdunkelte Kramers gewichtiges Gemüt - der Tag dann eingehüllt von schweren schwarzen Regenwolken werde. So könnte - folgerte Kramer über seinem Glasschreibtisch tief gebeugt – sich die Prionenseuche wellenmässig mit der Geschwindigkeit des Lichts über den Erdenball ausdehnen, so dass zu wenig Zeit verbliebe, die hoffnungsträchtigen Forschungspflänzchen gross zu ziehen. Denn wer würde diese hegen und giessen, harken und essenzieren, wenn Theaterkarten und deren Warteschlangen lockten? Als Kramer auf sein Selbstgespräch nach innen horchte, empfand er seine Worte und Gedanken als aufgebläht, theatralisch gar. War das bereits die Folge der neuen Prionenseuche? War er, Professor Kramer, infiziert mit Prionen, welche die Faltkunst nicht beherrschten? Eisig liefen Kramer kalte Schauer vom Halsansatz zur rechten Zehenspitze. Hoffnungslosigkeit breitete sich in seinem Körper aus. Diesmal von der linken Fersenspitze bis zum Haaransatz seiner beiden buschigen Augenbrauen.

Doch Kramer wäre kaum ein Verschworener der Wissenschaft gewesen, wenn er sich nicht in jeder Niederlage zurechtgefunden hätte. Gerade deshalb und in Anbetracht der aussichtslosen Lage wollte er erneut den Kampf aufnehmen, lockten doch die Ruhmeslorbeerblätter im Ausweglosen mächtiger als anderswo ... und wie so oft bei der Durchbrechung eingetrampelter wissenschaftlicher Pfade, baute Kramer sich ein Hilfsgerüst. Er sah sich in seinem Geiste auf der grossen

Bühne dieser Welt, empfangend den höchsten Forschungspreis. Frackbewehrt und mit einem Zylinder auf dem Haupt, nahm er die Auszeichnung mit Demutsgeste stolz entgegen, schritt hin zum Rednerpult und sprach: "Das Ergebnis meines Forschungsdranges ist Bescheidenheit. Einzig diese riet mir, meiner Eingebung ohne Endbestimmung zu folgen, zum Beginn zurückzukehren. Zur Schöpfung sozusagen. Zur Geburt der anormalen, falsch gedrehten, mit Falthemmung ausgestatteten Prionen. Zurück zur Schöpfung, das war der Schlüssel des Erfolgs."

Beifall brandete auf in Kramers innerem Ohr. Nicht enden wollende Beifallsstürme, so dass der Professor - obwohl er dazu willens war und dies auch mit Handzeichen der Beschwichtigung kundzutun versuchte - durch Akklamation daran gehindert wurde, seinen Erfolgsweg auszuleuchten.

Und das war gut so. Denn Kramers Heraushebung vor allen anderen Menschen geschah erst in Kramers Geist. Vorerst hatte er tatsächlich bei den Anfängen zu beginnen. Bei der Entstehung der kranken Prionenbrut. Immerhin hatte Professor Kramer im Wachtraum sein eigenes Theater geschaffen, brauchte nicht mehr anzustehen für Theaterkarten, spielte doch die Vorstellung in seinem Kopf, und so konnte er sie so oft besuchen als er die Notwendigkeit dazu empfand. Und dies erst noch mit Logenplatz. Näher dem eigenen Ich konnte auch Kramer selbst im Theater nicht gelangen.

## 12. Bild - Wiesenthal THEATER JETZT!, Parteizentrale, erste Fisch-Dekade

In der ehemaligen Maskenbildnerei des Theaters und der früheren Requisitenkammer, seit *ALL XAM SOL I.* Thronbesteigungsabsichtsverkündung zur THEATER JETZT!-Parteizentrale eingerichtet, nähte, bügelte, färbte, strickte und bewunderte das Kader der Neupartei sich gegenseitig bei der Fertigung des in ihren Augen Allerheiligsten, der Inka-Robe für den Herrscher über alle Masken, welche alsdann am Walttag über dessen mächtige, wenn auch polsterunterstützte - wie der Hauptmann der Requisit-Kohorte präzisierte - *ALL XAM SOL I.*-Schultern zu legen war.

Die Partei THEATER JETZT! war hierarchisch aufgebaut. In ihr hatte jeder Mensch seine vorbestimmte Rolle. Vom Hauptdarsteller bis zum Statist. Widerrede war - falls diese nicht vorgeschrieben - nicht nur verpönt, sondern aufs Strengste untersagt. Die Folge wäre Parteiausschluss gewesen und damit verbunden der schmerzlichste Verzicht auf Bühnengänge sowie auf das Privileg einer Theatereintrittskarte jede Woche, mit der THEATER JETZT!-Mitglieder einen Mitmensch in sein höchstes Glück versetzen konnten. So widersprach denn niemand, ganz im Gegenteil; alle Rollen wurden Wort für Wort buchstabengetreu vorgetragen, ob auf der Bühne oder nicht, spielte dabei keine noch so kleine Rolle. Rolle blieb Rolle, die zu lernen und fehlerfrei vorzutragen war. Selbst die worthungrigen Statisten hatten sich damit abzufinden, ihre Stummheit wortlos vorzutragen. Es blieb für sie die Hoffnung, eines fernen Tages vom höchsten aller Herrscher ein Wörtchen zugetragen zu erhalten. Als Brosamen sozusagen seines wundervoll gedeckten Theatertischs.

THEATER JETZT! war nicht nur ein Schlachtruf, auch nicht einzig eine politische Partei.

Vielmehr hatte der designierte Inka angeordnet, eine Tageszeitung unter diesem Titel herauszugeben. Einzig am Wortfasttag, am Schalttag, am neunundzwanzigsten Februar, sollte diese nicht erscheinen. So das hoheitliche Notdekret. Die Bühnenmeisterei mitsamt Intendanz war zur Redaktion umgewandelt worden. Im Gegensatz zu üblichen Zeitungsstuben ging es dort ohne Lärm und Hektik zu. Nachrichten von aussen waren nicht gefragt. "THEATER JETZT!, die einzig Wahre", so der Untertitel, begnügte sich mit der Verherrlichung des Inkas, des Theaters, des Besitzes von Theaterkarten als Mass aller Dinge, als Stufen-Definition innerhalb der Gesellschaftspyramide. Die Klatschspalte im THEATER JETZT!-Blatt, "Applaus, Applaus" genannt, war mit imposanten Lettern gross aufgemacht. Dort konnte nachgelesen werden, wer die Huld des Inkas und seines innersten Beraterkreises im Augenblick genoss. Welchem armen Teufel die Gnade entzogen worden war, konnte auf der letzten Seite, nicht minder gross dargestellt, unter "Unglücksfälle und Verbrechen" nachgelesen werden. Selbstredend inspiriert vom Theater war dort stets von Gift und Dolch, von dunkelsten Verliesen, von Meuchelmord und Doppelboden die Rede, nur den Tyrannenmord hatte die Zensur-Intendanz auf die Indexliste fest gesetzt, so dass dieser nie in Erscheinung trat. Denn Ordnung musste sein, dies hatte der Beraterrat beschlossen, wo käme Wiesenthal sonst hin! Alles spielte sich zudem im Dunste des Theaters ab, so dass die Leserschaft zwischen Spiel und Ernst nicht mehr zu unterscheiden wusste, stand doch auf der Theaterbühne der Vergiftete zur Applaus-Entgegennahme stets noch auf, weshalb sollte es in Wiesenthal im echten Leben anders sein! Das Volk auf alle Fälle hatte damit einen plausiblen Grund, jede Mitschuld weit von sich zu weisen und sich die eisgekühlten Schauer trotz allem langsam und selbstgerecht auf dem langen eigenen Rücken, den Nervensträngen folgend, schaudernd zu geniessen.

Dem Beraterrat des Inkas schwanten stets dunkle Machenschaften in den eigenen Reihen der THEATER JETZT!-Partei und der Redaktion der Zeitung. Zudem war bis zur rettenden Idee des zweiten Chefberaters - seine einstige Tätigkeit als Beleuchter Nummer drei an Wiesenthals Theaterbühne kam ihm dabei zu Nutze -, der Idee mit der Thronbesteigungs-Inka-Robe, die Lage dem Beraterstab mehr und mehr entglitten, da viel zu wenig Bühnen in Wiesenthal vorhanden waren, um dem Verlangen nach Theaterkarten damals zu entsprechen. Mord und Totschlag um Eintrittskarten würden bald die Folge sein, vorausgesagt vom Ex-Kassierer des Theaters, der fein säuberlich und akkurat berechnet hatte, dass selbst wenn einst das Parlament, die Chefvisite im Krankenhaus, die Aktionärs-

versammlung der Unternehmer, die Gerichts-
termine und alle Lehrstunden in der Schule
zu Theatern deklariert würden, die Anzahl
Karten niemals reichen könne, um dem Vol-
kes Glück auch nur im Geringsten zu entsprechen. Zwar hatte die Inka-Roben-Pause die
Wiesenthaler stillgestellt, das Problem gelöst,
doch - und das wussten alle Berater-
Ratsmitglieder - nur bis zum ersten März, an
dem die aufgestaute Theaterlustflut erneut
aufflammen werde, die Dämme brechen und
das neue Inkareich mit einer Sintflut überspü-
len, ja gemäss Berechnungen des Kassiers
Wiesenthal dann mit unerkannter Wucht
fortschwemmt würde. Da könne selbst eine
Theater-Arche nicht die Lösung sein, sondern
einzig nur die Flucht vor des Inkas Thronbesteigung.

So kam es, dass der Inka-Rat erneut zusam-
mensass, von Tagung wollte keiner sprechen,
da die Tage bis zur Thronbesteigung äussert
knapp und keiner einen Tag verlieren wollte.

Als Erstes beschloss der Beraterrat, den Kassier als Defätisten der letzten Seite der Tageszeitung "THEATER JETZT!" zu überstellen. Denn, so der Beschluss, wer Flucht verbreite, statt nach Genialem jetzt zu suchen, gehöre ausgelöscht mit Stumpf und Stiel. Dies umso mehr, als es an der Zeit sei, ein Exempel zu statuieren, eine Person aus der Inkanähe auszulöschen, um dem Volk von Wiesenthal zu zeigen, dass es keine noch so kleine Privilegien gab. Gleich wurde das Urteil nur gegen eine, des Kassierers Stimme umgesetzt, wobei es dem Ausgestossenen als Gnade überlassen wurde, die Art seines Theatertodes selbst zu wählen.

Als Zweites wurde vehement besprochen, wie es nach der Thronbesteigung weitergehen sollte. Da die Berechnungen nach dem Abgang des Kassiers nicht mehr vorhanden, blickten alle voller Sehnsucht auf den zweiten Chefberater, welcher den Ausweg aus der letzten Krise so theatralisch und genial ausgetüftelt hatte. Doch dieser schwieg. Schwieg lange, wie es seinem Stand als Hofgenie gebührte. Als schliesslich - später Abend war es bereits geworden - er den Satz zu wiederholen belieben wusste, den er bei seinem Theatercoup mit der Inka-Robe bereits gesprochen, wurde es im Beraterrat mäuschenstill. Alle wähnten sich am Ende ihrer verantwortungsvollen Leiden, denn, wenn ein Genie sprach, konnte die Lösung nicht mehr weit sein:

"Ihr müsst wissen und beachten, dass ein gebündelt auf einen Punkt gerichtetes Licht die Merksamkeit aller Menschen fesselt. Den Beweis habe ich Euch vor wenigen Tagen mit der Inka-Robe doch erbracht. Oder etwa nicht?" Der zweite Chefberater sah beifallsheischend in die Beraterrunde. "So werde ich beim ersten Tageslicht Euch meine Botschaft kundtun, sofern, ja, sofern Ihr mich am Walttag dann zum Inka kürt und den Vorbestimmten eines sanftes Theatertodes sterben lasst."

Ungläubige Blicke trafen den Beleuchter Nummer drei. Er wagte es ... Insubordination war das ... Tyrannenmord in spe ... unerhört so etwas zu hören... zudem in absentia des Betroffenen ... und doch gab es wohl keine andere Lösung, wollte der Beraterstab nicht mit der schrecklichen Flut, mit Haut und Haar ausgerottet werden. Und so murmelte der Rat - einer nach dem andern - sein "Ja", das aber auch - der ungenauen Aussprache wegen - durchaus als "Nein" später auszulegen war. Man konnte ja nie wissen, was noch geschehen konnte in Wiesenthal in den nächsten Tagen.

## 13. Bild - Präfektur der Kreishauptstadt, Amtssitzsaal des Präfekten, dritte Gräte der Fischdekade

"Theater jetzt! Theater jetzt!", skandierte eine kleine Menschenmenge vor dem Amtssitz des Präfekten, in Schach gehalten von einer Hundertschaft Ordnungshüter in Kampfmontur.

Im Amtssitz herrschte Angst. Der Amtsinhaber der Präfektur war sich der Gefahr bewusst. Vor allem seit er die Berichte aus Wiesenthal gelesen hatte. Jedes Wort in ihm versetzte den Präfekten in tausend Amtsenthebungsschrecken, verbunden mit dem sicheren Theatertod. Zwar war die Menge vor dem Amtssitz klein, noch gut in Schach zu halten, doch wenn die Ausbreitung der Theaterseuche mit gleichem Potential sich verbreiten sollte wie in Wiesenthal, konnte bereits in vierundzwanzig Stunden der "point of no return" gekommen sein. Waren dann morgen seine Ordnungshüter angesteckt ... kaum auszudenken, was dann geschehen konnte...

Professor Kramer musste her, mit ihm war zu sprechen. Nicht im Turm aus Elfenbein durfte dieser sich jetzt in höchster Not verstecken. Vorzuführen war er durch die Polizei, und so unterzeichnete der Präfekt mit Schwung den entsprechenden Befehl.

# 13 $^1/_5$ Bild - Institut für viszerale Prionenforschung, im Labor 5. Gräte Fisch-Dekade

Professor Kramer arbeitete mit höchster Konzentration. Fläschchen und Flaschen umgaben ihn. Pipetten und Pinzetten glänzen in sauberstem Chromesglanz. Das Elektronenmikroskop war eingeschaltet, Kramer bombardierte isolierte Prionenfalschfaltpräparate mit Neutronen. Alles blieb beim Alten. "Resistent, verdammt!", entfuhr es heiser Kramers Mund. Er legte sich auf seine Ledercouch, um zu überlegen. Doch vorerst stellte er sich in autogenem Traum die Preisverleihung an Professor Dr.h.c. Kramer vor. Nur so konnte er sich einer Ansteckung entziehen. Darauf erneuter Angriff auf die Prionen. Diesmal mit einem Extrakt aus lebendigen Gesundprionen, gemischt mit Ionen aus dem All, eingefangen durch Astronauten. Doch die Prionen wurden alle faul, degenerierten rasch und falteten sich verdreht. Erneut zur Ledercouch.

Preisverleihung im Zylinder. Daraufhin als nächster Schritt Prionengene in das Mutationsgerät. Eingeschaltet. Durchgewirbelt. Ergebnis: Null. Ohne jede Kommastelle. Kramer empfand wie ein Alchemist im Mittelalter. Erneut zur Couch. Preisurkunde jetzt in seine Hand gedrückt auf der Bühne. Es klopfte an seiner Labortür. Vorstellung oder Realität? Es polterte an der Labortüre. Der Wunsch nach Theaterkarten wurde jetzt übermächtig. Labortüre aufgebrochen. Die Polizeieskorte legte ihm Schellen an die Hände. Führte ihn aus dem Labor. Angeordnet vom Präfekten. "Ist das die neue Art, die Seuche zu bekämpfen?" ging es Kramer durch den Kopf, als er im dunklen Kastenwagen sass mit unbekanntem Ziel, wohl der Vernichtung anheimgestellt. "Theater jetzt! Theater jetzt!", brüllt Kramer in den dunklen Raum. Nur Theater kann ihn jetzt noch retten ...

# 13 $^2/_5$ Bild - Wiesenthal, Kiosk um die Ecke des Theaters am *ALL XAM SOL I.*-Platz. Steckengebliebene Gräte der Fisch-Dekade

Paul Palms sass in seinem Kiosk. Hinter der kleinen Öffnung, welche zwischen den aufgestapelten und ausgehängten Zeitschriften frei geblieben war. Paul Palms ging als Kaufmann mit der Zeit. Alle seine angebotenen Produkte betrafen oder kreisten zumindest um Theater oder Theaterluft. Welcher Theaterstern mit wem sich einliess, welcher Fixstern wie immer hell erleuchtet war und welcher aus Inkas Gründen am Verblassen im Begriffe sich befand. Und über all dem leuchtete der *ALL XAM SOL I.*-Kult. Von den Anstecknadeln bis zu den Meldescheinen für den Bewerb der Inka-Robe - letztere fanden reissenden, zu Zehnminutenschlangen führenden Absatz - fand sich im Sortiment von Paul Palms Kiosk alles, was allxamisch auf dem Markt zu beschaffen war. Sogar von der Obrigkeit nicht gern gesehene Produkte wie aufblasbare *ALL XAM SOL I.*-Puppen, Ballone mit angedeuteter Inka-Mütze, Teekannen und "Mugs" mit *ALL XAM SOL I.*-lächelndem Konterfei führte Paul Palms. Er zog diese Artikel aus den Hinterraums-Schubladen, falls diese Wünsche - insbesondere von Touristen - geäussert wurden und übergab sie neutral und wohlverpackt, für die andern Schlangensteher unsichtbar, dem Kunden. Denn in Wiesenthal musste seit kurzem sich wohl jeder in Acht nehmen vor des Anderen Denunziation. Selbst das Erlaubte war gefährlich, denn die offene *ALL XAM SOL I.*-Theaterpolizei in ihren farbigen Gewändern legte die Gesetze breit und offen aus. Unterstellte selbst Erlaubtes den Verboten. Da zudem die Theaterrichter meist ihre Rolle zur Thronbesteigungs-Theaterorgie jetzt zu lernen hatten, mussten die Beschuldigten, ob zu Recht oder Unrecht angeklagt, in den Verliesen bis zum Gerichtstag harren. Ausharren für die Theaterspiele, denn *ALL XAM SOL I.* brauchte Begnadigungs- sowie Verurteilungspotential für seine Thronbesteigung. *ALL XAM SOL I.* lag viel an Gerechtigkeit, so jedenfalls nannte er sein Regime. Falls ein Untertan nicht an die Heils- kraft der Theater zu glauben willens war, ja dann wollte *ALL XAM SOL I.* mit aller Härte des erlassenen Gesetzes durchgreifen, zum Wohle des Ganzen, zum Segen der Theater- welt.

Paul Palms verspürte keinen Wunsch nach Theaterkarten. Konnte sich den ganzen Rummel nicht erklären und war nur zum gu- ten Schein der Partei THEATER JETZT! beige- treten, um seine Kiosklizenz nicht zu verlie- ren, den Nachforschungen der offenen Thea- terpolizei zu entgehen, welche jedes abson- derliche Verhalten - wozu auch Theaterkar- tenschlangen-stehen-Abstinenz gehörte - un- ter ihre mikroskopisch feine Lupe nahm. Als Beobachter des Leseverhaltens seiner zahllo- sen zahlenden Kunden, lernte Paul Palms sich zu verstellen, stimmte in das Loblied über den kommenden Inka ein, las zum Schein nur die neue Trivialliteratur und konnte somit die verfänglichsten Fragen, die ihm von als Freidenkern getarnten Theaterpolizisten gestellt wurden, fehlerfrei und Inkadoktrin konform, ohne jedes noch so kleine Stocken verlässlich zur Antwort bringen. Geschickt stellte er seine Theaterabstinenz als grosses Opfer dar. Dargebracht für all die Hungernden, nach Theaterkunstdunst lechzenden Einwohner Wiesenthals. Denn, wo sollten diese ihre Begierde stillen, wenn er, Paul Palms, seine Zeit beim Schlangenstehen oder Entwerfen von Thronbesteigungs-Inka-Roben verbringen würde? Als Zeichen seiner Theaterbesessenheit hingegen drapierte er geschickt und von weitem sichtbar mit Herzblutrotfarbe gemalte Theatervorhänge an die beiden grossen "P"s, die über Paul Palms Kiosk seit jeher prangten.

Paul Palms kannte die Aussenseiterrolle übrigens bereits seit langem. Denn ausser seinen roten Haaren, im Alter nun grau geworden, war sein Blutspendenpass mit AB Rhesusnegativ bezeichnet, er war mit keinem anderen Blute kompatibel.

## 13 $^3/_5$ Bild - Präfektur der Kreishauptstadt, Amtssitzsaal des Präfekten, gebeugte Rückgratsgräte der Fischdekade

Der geschellte Hans Alex Kramer wurde dem Präfekten vorgeführt. Die Handschellen wurden ihm erst abgenommen, als die Beamten ihn am Amtspult sicher im Lehnstuhl wussten. Der Präfekt erschien überraschend theatergleich durch eine kleine Tapetentüre, setzte sich an seinen Schreibtisch in Präfektenpose, kräuselte dabei leicht die Stirn, als hätte er dies den ganzen lieben langen Tag seitenverkehrt im Toilettenzimmerspiegel einstudiert. Er wartete vorerst die Wirkung seines Kräuselns ab und tat nach wenigen Augenblicken Wirkungslosigkeit diese mit mangelnder Übung ab, denn er war fest davon überzeugt, nur die dritte Rille über dem linken Auge noch vermehrt in kleinste Wellen zerteilen zu müssen, um die gewünschte Gegenüberwirkung zu erzielen. Denn nur eine absolute

"Perfektur" war eines Präfekten auch in Natura und nicht nur auf der Bühne würdig.

Er hüstelte leicht, um seine Stimmbänder zu entspannen, wie er dies im Gesangsunterricht - den er seit kurzem amtlich selbst verschrieben geniessen durfte - erst eingeübt hatte.

"Mein lieber Hans Alex, mein Lieber", es folgte eine wirkungsvolle, die Spannung steigernde Siebzehn-Sekunden-Pause, "mein sehr verehrter Herr Professor Kramer, der Titel wurde Ihnen ja noch keineswegs aberkannt, mein verehrter Professor. Auf Ihren breiten Schultern liegt die Verantwortung unseres Landes. Dies ist denn auch der Grund, weshalb ich Sie von meinen Staatsbeamten vorführen liess. Unser Geheimdienst hat uns berichtet, dass Wiesenthals von allen guten Geistern verlassener Theaterintendant sich hier in meinem Amtssitz am 30. Februar, einem wie er es selbst nennt Walttag, zum Inka krönen will. Sie können sich vorstellen, was das für die Kreisstadt zu bedeuten hat! Die Kreisstadt in den Händen eines Irren ... nicht auszudenken, denn ist diese einmal in seinem und seines Hofstaates Besitze, ist das der Beginn des Untergangs unseres Planeten. Stellen Sie sich vor, diese Blasphemie, so ein Theater im Präfekten Saal und ich kurz vor meiner Wiederwahl in den Händen seiner Theaterpolizei, auf dem Weg zum Richtplatz auf der Bühne von Wiesenthals Haupttheater, und ich ...", - der Präfekt begann theatergerecht zu schluchzen, auch das erst heute eingeübt, man hatte sich als Präfekt auf alles vorzubereiten -, "einen Kopf kürzer, mein Leib verhöhnt, und auch wenn ich zum Schlussapplaus erneut auferstehen darf, so schrieb es mir *ALL XAM SOL I.* in einem durch Wert Post überbrachten Brief, will ich das nicht erdulden! Sie, Professor, sind meine letzte Hoffnung. Die Wissenschaft muss siegen! Die Demokratie, das Volk muss über die dunklen Theatermächte triumphieren und ich mit ihnen als ihr Präfekt! Wie weit sind Sie mit Ihrer Prionenforschung? Wir haben kaum mehr Zeit! Antworten Sie, ich bin aufs Schlimmste schon gefasst." Der Präfekt schlug sich mit der linken Faust dreimal auf die Brust. Auch das mit grossen Theatergesten, die Kramer bei ihm zuvor noch nie beachtet hatte.

"Ich stehe kurz vor dem letzten Durchbruch, mein Lieber", begann Hans Alex Kramer zu berichten. "So viel ich zu erforschen mochte, hat der Theaterintendant Wiesenthals, als er in hoffnungslosester Lage kurz vor der Entlassung stand, ein Prionen Labor eingerichtet und Prionen Manipulationen begangen, indem er diese lehrte, sich wie ein Vorhang im Theater neu zu falten. Damit löste er zuerst bei den Prionen und dann bei allen ausgesetzten Menschen Theaterwahnsinn aus und zudem löste er sein Problem der leeren Ränge."

Der Präfekt hörte, als sässe er in seiner Theaterloge, voller Spannung zu. "Ich forsche nun
an der Gegenfaltung der Prionen, und wenn
mir dies gelingt, ich hoffe vor der Inka Thronbesteigung, werden allen Menschen die
Schuppen von den Augen fallen. Sie werden
das wahre Welttheater alsdann wieder klar
erkennen. Doch solange Sie, verehrter Herr
Präfekt, mich hier festzuhalten noch belieben, verlieren wir kostbarste Minuten und
Sekunden, die uns und Sie um das Siegen
bringen können. Meine Forderung deshalb:
Lassen Sie mich sofort frei."

Der Präfekt sah dies ein. Hans Alex Kramer
durfte in sein Labor geleitet werden und er,
der Präfekt, liess sich seine Thronbestei-
gungs-Modellrobe, die er am 30. Februar in
Wiesenthal *ALL XAM SOL I.* vorzuführen gedachte bringen, schlüpfte in die Robe und
spiegelte sich um alle Spiegel-Eckfacetten in
Inkapose, denn er war sicher, dass *ALL XAM
SOL I.* des Präfekten Perfektentwurf als den

besten wählen würde. Denn schliesslich war man nicht umsonst Präfekt. Dazu wurden nur die Besten auserkoren.

# 13 $^4/_5$ Bild - Wiesenthal, ALL XAM SOL I. Theaterforschungsinstitut, Floskelgräte der Fischdekade

*ALL XAM SOL I.* schritt vor seiner Forschungsgarde auf und ab. Diese stand in Habacht-Stellung vor ihrem Herrscher, dem Inka. "Dass so etwas geschehen konnte", sprach *ALL XAM SOL I.* zu seinen Getreuen. "Dass so etwas geschehen konnte. Es werden Köpfe rollen, so etwas lasse ich nicht zu", erklangen nun die Worte mit noch gespreizterer Inkastimme.

"Die Prionen haben überall zu greifen!", fuhr er fort. "Ich dulde nicht, dass meine, in meinem Auftrag gezeugten Prionen Blutgruppen verschonen. Denn wer zahlt Euch schliesslich mit Theater-Logenplätzen, wer?" Kein noch so leises Geräusch drang von der Forschungsgarde. Nicht einmal ihr Atem war zu vernehmen. Eine schlimmere Strafe als Theatervollentzug konnte keiner von *ALL XAM SOLs* Forschern sich selbst im schlimmsten Albtraum auch nur erträumen.

"Forscher," schnarrte der Inka mit heiserer Stimme, "es liegt an Euch, ob meine Krönung in der Kreishauptstadt am Schalttag gelingen möge. Ein einziger Abtrünniger und wir werden diesen Feldzug verlieren, werden zum Gespött der Stadt und des Kreises. Ihr habt den Prionen das Genick zu brechen, auf dass sie ihre Pflicht erfüllen, oder", fügte er mit leiser, hasserfüllter Stimme bei, "oder brecht den Immunen das Genick, handelt es sich doch bloss um eine kleine Minderheit."

ALL XAM SOL I. verfiel in abgrundtiefes Schweigen. Zu gross war seine Urangst, erneut leeren Theaterrängen zu begegnen. Leeren Theaterrängen mit all ihren Folgen! So stand bis tief in dunkle Nacht die Forschergarde in Habacht. Unerlöst von einem Inka Wort.

# 13 $^5/_5$ Bild - In Paul Palms Kiosk-Hinterzimmer. Rhesus-Negativgräte der AB Fischdekade

Paul Palms waren im Laufe des heutigen Tages viele ihm fremde Gesichter aufgefallen. Sonst kannte er meist seine Kunden. Wer nur einmal bei Paul Palms kaufte, den erkannte dieser immer wieder. Doch heute war der Ansturm gross gewesen, und kaum ein bekanntes Gesicht war Paul Palms begegnet. Es schien Paul Palms, als sei sein Kiosk in eine andere Stadt versetzt, oder aber alle Menschen seiner Gegend seien umgezogen. So oder so, Palms machte sich um seine Zukunft Sorgen. Wer waren diese neuen Kunden? Aus welchem Grund hatten sie allesamt einzig *ALL XAM SOL I.*-Andenken - von der Anstecknadel bis zum Kindersonnenfähnchen mit Porträt des Inkas, dieses selbstverständlich verjüngt, erworben? War eine neue Stufe der *ALL XAM SOLI*-Kultrakete in der THEATER JETZT!-

Parteizentrale frühmorgens gezündet worden? Wurde er, Paul Palms, von der geheimen Theaterpolizei beschattet?

Paul Palms schloss darauf den Kiosk mit den Eisenrollläden hermetisch ab. Was er sonst einzig bei längerer Abwesenheit zu unternehmen pflegte. Man konnte ja nie wissen. Auf alle Fälle überkam ihn nach dem lauten "Ratsch" und dem hellen "Klick" des Schnappschlossschliessens ein wohlig warmes Sicherheitsgefühl wie Paul Palms es seit dem Wegzug aus dem Elternhaus nie wieder empfunden hatte.

Was sollte dieser ganze Inka Kult, für den - ausser dem Münzenklingeln in der Kasse - Paul Palms nicht das leiseste Verständnis aufzubringen mochte?

Paul öffnete die kleine Oberfensterluke seines Hinterzimmers. Die Luft war stickig. Nun drang das heuduftgeschwängerte Abendlüftchen in das dunkle Gemach. Die Amsel sang aus vollem Vogelherzen ihr Abendlied. Paul lauschte. Er liebte den Gesang der Amsel, welche er in aller Heimlichkeit und nur in seinem Kopf "Carmen" nannte. Carmen nach Bizets Oper. Carmen die Freiheitsliebende. Carmen, verboten von der THEATER JETZT!-Partei, da der Urheber dieser Oper nicht nur in diesem Singspiel gegen staatliche Zwänge kämpfte und die Klänge, da so einprägsam, die Herrschaft des neuen Sonnengottes gefährdet haben könnte.

Und "Carmen" sang.

Und Paul genoss.

Obwohl Paul erst heute in einer wissenschaftlichen Studie des "Science-Magazins" gelesen hatte, dass Vögel nicht des Singens wegen sangen, ganz im Gegenteil, singt - und das galt wohl auch für Pauls geliebte "Carmen" - ein Vogel um sein Revier zu schützen, es zu verteidigen bis auf den letzten Schnabelhieb gegen seine Artgenossen. Ein Verhalten, das auf Aggression beruhte. Deshalb wohl liebten Menschen den Gesang der Vögel ...

Mit diesem Gedanken sank Paul Palms in tiefen Schlaf in seinem Hinterzimmer. Begleitet von "Carmens" Dämmersang, um dann frühmorgens, so hoffte Paul, sanft von ihm aufgeweckt zu werden. "Carmen" hiess jeweils den neuen Tag zwitschernd singend, melodienreich willkommen. Oder vertrieb "Carmen" damit Artgenossen?

In der dunklen Nacht aber waren rund um Paul Palms Laden, an den Mauern, an den Rollläden aus festem Eisen und auf dem Dach in leuchtend roter Farbe Parolen säuberlich in Grossbuchstaben-Stackelschrift hin gekritzelt worden.

"Nieder mit den Inka-Feinden", "Tod den Pauls" und "Tod den Carmens" und "Carmen" hing mit gebrochenem Genick, erhängt am Theatervorhang pendelnd, den Paul Palms um die beiden grossen P's auf dem Kioskdach zu Ehren der THEATER JETZT!-Partei erst vor kurzem mit grosser Sorgfalt frisch errichtet hatte.

Kein Kunde wagte sich an diesem Tag, zwei Tage vor der Inkakrönung, mehr in die Nähe von Paul Palms Kiosk.

# 13 $^6/_5$ Bild - Schalttag I

Der Inka hatte für Wiesenthal generell und für all seine Anhänger im ganzen Land den 29. Februar als Wortfasttag ausgerufen. Kein Wort sollte gesprochen werden, auf dass die Bürgerschaft den Walttag, den Inkakrönungstag, den 30. Februar als wahren Befreiungstag empfinden möge. Vor allem die Worte von *ALL XAM SOL I.* nach vollzogener Krönung. Denn, so dozierte der zu krönende Inka seinem Hofstaat mit blumenreichen Worten: "Ein nach Wasser dürstendes Pflänzchen sehnt sich nach einem Tröpfchen des gesegneten Nasses und" - *ALL XAM SOL I.* legte eine gekonnte, spannungserhöhende Kunstpause ein, "und wenn der Regen dann wie ein Geschenk vom Himmel fällt, richtet sich das Pflänzchen kerzengerade auf und dankt seinem Herrn und dem gütigen Schicksal, welches es erleben durfte. So will ich es denn halten mit meinen Worten, meinen ausgewählten Worten, die alsdann meine Krönung der Krönung darzustellen haben werden. Deshalb", des kommend Inkas Worte nahmen einen harten, unerbittlichen Ton an, "deshalb dekretiere ich *ALL XAM SOL I.*", er sprach seinen Inka Titel gestelzt feierlich mit grösster Vorfreude aus, seine Zunge umarmte jeden Laut, als sei er unsterblich gar verliebt in alle noch so kleinen Zwischentöne seines neuen ehrfurchtsvollen Namens, "deshalb dekretiere ich *A-L-L X-A-M S-O-L I.* die Todesstrafe für jedes auch nur gedachte Wort am Wortfasttag. Sünder sollen in ihrem eigenen Wortschatz lebendigen Leibes und öffentlich vor dem Volk nach meiner Thronbesteigung im Staatstheatersaal den Wortertrinkungstod erleiden. Endlich werden sie dann sprechen dürfen! Hämisch fügte *ALL XAM SOL I.* ein trockenes, seiner Gewaltbereitschaft Ausdruck gebendes "Ha, Ha!" bei.

## 13 $^6/_{5\ 1/3}$ Bild - Schalttag II

In der Kreisstadt sass der Präfekt in seinem Präfektensaal am grossen Eichentisch. Er hatte gebeten, unter keinen, auch noch so wichtigen Gründen, gestört zu werden. Er wollte heute am Schalttag meditieren und alles überdenken. Dafür sei ein geschenkter Tag doch gerade richtig, liess der Präfekt verlauten und empfahl seinem Beamtenheer, ihm nachzueifern. Schweigen könne ja nicht schaden. Und in diesem Punkte, wenn auch ausdrücklich nur in diesem, bewundere er den Despoten aus Wiesenthal. Die Beamtenschar tuschelte am Vorabend des Schalttags: "Man kann ja nie wissen ... Gut, dass der Präfekt uns für alle Fälle schützt. Man kann ja wirklich nie wissen. Und Reden ist Silber, Schweigen ist Gold."
Doch im Gegensatz zum Präfekten fanden die Beamten manches weit besser als nur das Meditieren. Versprach doch *ALL XAM SOL I.*

mehr Beamtenmacht. Wer konnte da widerstehen? Niemand warf den ersten Wortstein nach dem Inka. Vielmehr hingen Inka-Konterfeis aus Wiesenthal bei den meisten Kreisbeamten in der Wohnung, bereit, beim kleinsten Wandel in ihren Amtssitz überstellt zu werden, um dann über dem eigenen Schreibtisch zu prangen.

# 13 $^6/_{5\,2/3}$ Bild - Schalttag III

Im Institut für viszerale Prionenforschung in der Kreishauptstadt arbeitete Hans Alex Kramer fieberhaft an der Prionenfaltforschung. Der Durchbruch war imminent, die Logikfaltung lag auf der ausgestreckten Hand. Kramer hatte an seinem Glasschreibtisch einzig diese dargebotene Hand zu ergreifen, einzuschlagen, er wusste selbst nicht, warum er zögerte. Denn eines war klar, so klar wie Kramers säuberlich gewischter, von jedem noch so kleinen Stäubchen befreiter Tisch: wenn ein negativer Rhesus-Faktor gepaart mit der AB Blutgruppe für die Falschfaltprionen nicht zu knacken war, lag die Lösung dort und einzig dort in diesem Punkt. Obwohl, das war zu bedenken, ein Blutaustausch der befallenen Patienten der grossen Menge wegen nicht in Frage kam.
Doch die Lösung konnte in einem Impfstoff liegen. Kramer sah sich bereits in Pasteurs

Stapfen schreiten, las die virtuelle Bronze-
platte an seinem Elternhaus: "Hier wurde der
grösste Forscher aller Zeiten, Hans Alex Kramer, einst geboren, der Menschheitsretter,
welcher den Prionen das Fürchten lehrte, an-
no Domini ..."
Bereits vor seinem inneren Auge sah Kramer
sich in Frack und weisser Fliege die höchste
Ehrung aus Königshand empfangend, sass
dann anstelle seines Glastischs an einer goldenen Speisetafel, denn er ward - immer
noch in seinem Tagtraum lebend - zum Eh-
reninka des menschlichen Geschlechts er-
nannt ...

## 13 $^6/_5$ 3/3 Bild - Schalttag IV

In der Parteizentrale THEATER JETZT! war es
mäuschenstill. Ein Stecknadelfall wäre einem
Kanonensalvendonner gleichgekommen.
Niemand sprach.
Niemand dachte.
Niemand fasste auch nur einen einzigen noch
so kleinen Winzlings-Denk-Gedanken. So ist
denn aus der Parteizentrale heute, am Wortfasttag, nichts zu berichten, was wohl das
Beste war, was aus einer Parteizentrale je zu
berichten war...

# 13 $^6/_{5\,4/3}$ Bild - Schalttag V

Paul Palms hatte seinen Kiosk vorzeitig abgeschlossen und verriegelt. Er trauerte um seine Amsel. Verstand die Welt nicht mehr. Seine tote Amsel, seine "Carmen", die nicht mehr sang, hatte ihm gezeigt, wo er stand. So begann Paul Palms selbst zu singen. Besang das Singen seiner "Carmen" mit lauten Worten, wissend, dass er nach der Inkathronbesteigung in seinem Wortschatz dann zu ertrinken hatte ...

# 13 <sup>6</sup>/₅ ₅/₃ Schalttag VI

Im Medienzentrum Wiesenthals und auch in demselben der Kreishauptstadt bereitete sich die Medienmannschaft stumm und ohne Sterbenswörtchen auf den Lippen zur Thronbesteigung *ALL XAM SOL I.* vor. Weltweit sollte morgen dieser Staatsakt übertragen werden. An die siebzehntausend Medienschaffende waren angereist, um das Spektakel lebensnah in den letzten Winkel des Planeten direkt am Walttag zu übertragen. Inkas wurden schliesslich nicht täglich aufgethront und schon gar nie Wortbruchtäter im eigenen Wortschatz öffentlich ertränkt ...

# 13 $^6/_{5\,6/3}$ Schalttag VII

Ein Gerücht machte wortlos am Schalttag die Medienrunde, das Inkaphänomen beruhe auf falsch gefalteten Prionen und *ALL XAM SOL I.* sei ein kranker, armer Mensch. Doch da am Schalttag alle Worte fehlten, erreichte das Gerücht einzig Hans Alex Kramer und dann auch Paul Palms. Beide jedoch hatten sich ihrem Schicksal schon ergeben, als Aussenseiter von der Meute bald gejagt zu werden ...

# 13 $^7/_5$ Bild - Walttag

Rot ging die Sonne an diesem Walttag, dem 30. Februar, von Inkas Gnaden über dem gräulichen Horizont Wiesenthals auf. Sie erklomm den Himmel langsam aber stetig, wenn es auch allen schien, dass die Sonne heute unschnell sich bewege. Die Bürgerschaft Wiesenthals und der Kreishauptstadt sehnte sich nach Worterlösung, wartete auf das erste Inka-Wort, das erst nach der Thronbesteigung gesprochen werden sollte.

Doch vorerst waren *ALL XAM SOL I.* alle Thronbesteigungsroben vorzuführen. Eine dichte Menge Menschen jeden Alters bewegte sich auf das Staatstheater zu. Es setzte Knuffe ab. Jeder wollte vor dem anderen sein. Jeder war der festen Überzeugung, einzig dem Inkakleid, das er entworfen hatte, sei der Sieg gewiss, mit ihm und keinem andern werde *ALL XAM SOL I.* heute beim höchsten Sonnenstand den Thron besteigen.

War das ein buntes Treiben! Rote Roben und knallgelbe, Dreizack Hüte, wallende Kapuzen, Hosenkleider voller Glitzer, strenge, schwarze Schleierjacken, Silberknopforgien, Parasolgewänder, jeder, jede und auch die Kinder waren ihrer Vorstellung gefolgt wie ein Inka auszusehen habe. Wie auf dem Thron der Herrscher zu drapieren sei. Hunderttausende von Kostümen überfluteten die Strassen Wiesenthals, manche nähten, schnitten, schnipselten noch auf dem Weg, mitten auf dem Theaterplatz, an ihrer Kreation, wollten für ihren Inka nur das Beste, vollendeten zum Staatstheater laufend ihr Kleiderwerk, welches sie von allen Lebenssorgen bald erlösen werde. Im Geiste sahen alle sich bereits sitzend in der wohlstaffierten Wohntheater-Loge, welche nie mehr zu verlassen war. Das Ewige Theater war ihnen sicher, wenigstens in ihren eigenen Gedanken.

Auch *ALL XAM SOL I.* hatte heimlich eine Thronbesteigungsrobe sich geschneidert. Aus purem Gold gewirkt, gewirkt aus einem einzigen Faden. Er sah prächtig aus auf der grossen Bühne, angestrahlt von 1000 Lux. Stand neben seinem Thron, drapierte sein Goldgewand. Der kommende Inka war bereit, seine Untertanen zu inspizieren, ihre Kreationen anzusehen, obwohl er sich nie von seiner Robe trennen würde. Das stand für ihn seit Anbeginn fest.

Als die Türen, es waren eher Tore, des Staatstheaters von den Bediensteten, auch sie in Inka-Roben, die vorzuführen sie gedachten, elegant gekleidet, geöffnet wurden, ergoss sich eine Inkamasse in den Saal, stürmte dann die Bühne, um sich ihrem Inka vorzuführen, befreit zu werden, ja erlöst durch ein einziges Inka Wort: "Du, Du bist der Sieger!"

Bald schon war die Bühne mit Inka-Roben überfüllt. Inkas, Inkas soweit das Auge reichte.

Es entstand Verwirrung. Sie wurde immer grösser, je mehr Inkas in den Saal fluteten, von der Menge schiebend eingeflossen. Wo war der Herrscher, der das Machtwort sprach? Wo der Inka, der den Thron besteigen würde? Jeder in der Inka-Robe war ganz sicher, dass sein Nachbar *ALL XAM SOL I.* sei, der einzig im Stande war, ihn wahrhaftig zu erlösen, ihm die versprochene lebenslange Loge zu übergeben. So warfen sich binnen kurzem alle Roben Träger voreinander auf die Knie, beteten sich gegenseitig an, verlangten voneinander, endlich die Bescheidenheit abzulegen, sich als *ALL XAM SOL I.* zu offenbaren.

Das Tohuwabohu setzte sich fort auf den Plätzen und Strassen Wiesenthals, denn alle Inkathronbesteigungs-Roben Träger waren

hieb- und stichfest davon überzeugt, dass *ALL XAM SOL I.* aus dem Theater majestätisch herausgeschritten sei, um sich selbst in der Kreishauptstadt die Inkakrone auf das geölte Haupt zu setzen. Er inspiziere auf diesem Siegeszug noch alle Kreationen, um den Sieger des Bewerbs dann zu erküren. Und so lagen die Menschen auch ausserhalb des Staatstheaters gegenseitig auf
den Knien, überzeugt, dass der Inka sie von Lebensmühe jetzt erlösen werde.

Bittend und bettelnd beschwörte sich die Menge gegenseitig, als Paul Palms ohne Inka-Robe, im einfachen, mausgrauen, unauffälligen Strassenanzug nur gekleidet, dem Inkawahnsinn zu entrinnen suchend, seinen Kiosk verliess. Er wollte fliehen. Dem eigenen Wortschatzertränkungstod entgehen. Als die ersten Roben Träger Paul Palms, den einzig Robenlosen weit und breit erblickten, schrien alle im Chor: "Seht, seht hier ist unser Herrscher, schlicht gekleidet wie es ihm entspricht. Oh Inka, oh Inka, sei gegrüsst, oh Inka, oh Inka befreie uns."

Alle stimmten jetzt das Inkaloblied an, Paul Palms wurde unsanft auf die Mengenschulter gehoben, und im Freudentaumel dann zum Staatstheatersaal getragen, im mausegrauen Strassenanzug auf den Thron gesetzt, gesalbt, gekrönt und herrscht seit diesem Tag in Wiesenthal als *ALL XAM SOL I.* gerecht und weise. Einzig den Wortschatzertränkungstod schaffte der Inka gleich nach erfolgter Krönung ab, denn dieser sei durch Einflüsterung böser Geister dekretiert, sofort aus dem Gesetzeskodex *ALL XAM SOL I.* ohne Ersatz subito zu streichen.

## Nachwort I

Hans Alex Kramer faltete sich an seinem Glastisch sitzend aus falsch gefalteten Prionen einen Dreieckshut. Lebte seither im grauen Anzug ein Leben wie Hans im Glück.

Doktor Max Kallmann, alt Thronanwärter, alt Regisseur und Ex-Theaterleiter, lebt in seiner goldgewirkten Inka-Robe jeden Abend auf der Bühne sein Inkaleben vor leeren Rängen. Er ist meisterhaft in seiner Rolle.

Der Präfekt hat sich mit all seinen Beamten angepasst. Wandelt als Statthalter des neuen Inkas im mausgrauen Strassenanzug machtausübend durch sein Leben.

.

## Nachwort II

Hans Alex Kramer faltete sich an seinem Glastisch sitzend aus falsch gefalteten Prionen einen Dreieckshut. Lebte seither im grauen Anzug ein Leben wie Hans im Glück.

Doktor Max Kallmann, alt Thronanwärter, alt Regisseur und Ex-Theaterleiter, lebt in seiner goldgewirkten Inka-Robe jeden Abend auf der Bühne sein Inkaleben vor leeren Rängen. Er ist meisterhaft in seiner Rolle.

Der Präfekt hat sich mit all seinen Beamten angepasst. Wandelt als Statthalter des neuen Inkas im mausgrauen Strassenanzug machtausübend durch sein Leben.

## Nachwort III

Hans Alex Kramer faltete sich an seinem Glastisch sitzend aus falsch gefalteten Prionen einen Dreieckshut. Lebte seither im grauen Anzug ein Leben wie Hans im Glück.

Doktor Max Kallmann, alt Thronanwärter, alt Regisseur und Ex-Theaterleiter, lebt in seiner goldgewirkten Inka-Robe jeden Abend auf der Bühne sein Inkaleben vor leeren Rängen. Er ist meisterhaft in seiner Rolle.

Der Präfekt hat sich mit all seinen Beamten angepasst. Wandelt als Statthalter des neuen Inkas im mausgrauen Strassenanzug machtausübend durch sein Leben.

## Nachwort IV

Der Schreiber dieser Moritat hat seinen mausgrauen Anzug heute gleich verbrannt. Einunddreissigster Februar Zweitausendundeins

## Nachwort V

Die Parteizentrale THEATER JETZT! wartet im Dornröschenschlaf auf den nächsten Irren, dem sie - sich unterwerfend - dienen kann, um auch dieses Buch dann zu verbrennen.

## BÜCHER von François Loeb (<www.francois-loeb.com>)

*Wegwerfwelten. Fast-Read-Romane*

Verlag: Benteli, Autor: François Loeb als Bruno A. Nauser, Sammlung der in der Neuen Zürcher Zeitung, Zürich jeweils am Wochenende erschienen Fast Read Romane. Erscheinungsjahr 1984, ISBN 3-7165-0966-3

*Geschichten die der Bahnhof schrieb.* 24 Geschichten

Verlag: Benteli, Autor: François Loeb, *Erscheinungsjahr 2008,* ISBN 978-3-7165-1492-4

*Geschichten die der Zirkus schrieb.* 24 Geschichten

Verlag: Benteli, Autor: François Loeb. Beiträge von Rolf Knie. Illustriert von Ted Scapa

Erscheinungsjahr 2007, ISBN 978-3-7165-1481-8

*Geschichten die der Fussball schrieb: 36 Geschichten aus rundem Leder*

Verlag: Benteli, Autor: François Loeb, Erscheinungsjahr 2008, ISBN ISBN 978-3-7165-1543-3

*Grossvatergeschichten*

*Verlag:* Prospero, Autor: François Loeb, Erscheinungsjahr 2009, ISBN 978-3-941688-01-8

*Irrwege des Glücks*

*Verlag:* Prospero, Autor: François Loeb, Erscheinungsjahr 2010, ISBN 978-3-941688-11-7

*Der Organist von San Marco und weitere venezianische Geschichten*

*Verlag:* Prospero, Autor: François Loeb, Erscheinungsjahr 2011, ISBN 978-3-941688-19-3

*Ling-Ling der Schmetterling*

*Verlag: Cornelius*, Autor: François Loeb und Irene Naef, Erscheinungsjahr 2012, ISBN 978-3-86237-679-7


*Das Bärakel von Bern*

*Parlevent Verlag, Bern,* Autor François Loeb, Illustrationen Ted Scapa, Norbert Schmidt Erscheinungsjahr 2010 ISBN 978-3-95237113-1-2


*Parlamentsgeschichten*

*Stämpfli Verlag, Bern* Herausgeber François Loeb, Erscheinungsjahr **2011** ISBN 978-3-7272-1144-7

*Runde Geschichten um eckige Pannen,*
*Stämpfli Verlag Bern,* Autor François Loeb,
Erscheinungsjahr September 2012 ISBN 978-
3727-21153-9

*Lea und Siegfried, Allitera Verlag, München,*
Autor François Loeb, November 2012 ,

ISBN 978-3-86906-466-6

*Sternenzimmer und andere Hotelgeschichten,*
*Allitera Verlag, München,* Autor François
Loeb,

Oktober 2013, ISBN 978-3-86906-384-7

*Babyboomers Birthday-Party und weitere Ge-*
*burtstagsgeschichten, Allitera Verlag, Mün-*
*chen,* Autor François Loeb, erscheint Oktober
2014 ISBN 978-3-86906-672-1

*Buchhandlung zum goldenen Buchstaben*, Allitera Verlag, München, Autor François Loeb. Oktober 2015. ISBN ISBN 978-3-86906-672-1

*Shangalu die Wanderameise,* Allitera Verlag München, Autor François Loeb, Illustrationen Sabina Hofkunst, Oktober 2015, ISBN 978-3-86906-672-1

*Tram Augenkitzel für Pendler, Somedia Buchverlag,Glarus, Autor François Loeb, Dezember 2016,* ISBN978-3-906064-67-3

*François Loeb's Wochengeschichten kosten-los jeden Freitag per Mail beziehen:*
http://www.francois-loeb.com/kurzgeschichten/kurzgeschichte-beziehen/

**Weitere Informationen zum Autor François Loeb:**
http://www.francois-loeb.com

Zeitfracht Medien GmbH
Ferdinand-Jühlke-Straße 7
99095 Erfurt, Deutschland
produktsicherheit@kolibri360.de